Dong东·周记

在这个世界上没有人像你一样寂寞，
没有地方可去，
也没有地方属于你

有些时候
总是让我们怀念

王东 著

北京大学出版社
PEKING UNIVERSITY PRESS

92 车窗外的风景
98 看海
102 飘摇
112 大雾
118 雪人
122 改变
128 成全
138 用灵魂倾听……
144 北京的冬天
148 当节日来临……
152 遇见
155 一步之遥
158 Loop，莲花
163 后记

目录

4 迷失
8 逃离
15 我的1994
20 重阳
32 杂音
38 快乐的顶点
41 情书
47 心动过速
56 桃源在望
62 苦艾酒馆
68 十分钟年华老去
74 小丑
77 幻觉
80 十月十三日，宜祈福，不宜嫁娶

Dong东·周记

爱因斯坦说，时间是人们的错觉。

我不知道在时间的坐标轴上，我们能否超越光速回到过去的一个个时间的节点上，亲眼看看那些无法改变的景象和心绪如何清晰地生长，吸取着我们未来的能量……

不求改变，只为坦然面对……

人生的常数也许只是在时间中的迷失……

迷失

“冬天已经到来，夏天还会远吗？”在一次节目中，我篡改了雪莱的诗。

北京的春天非常短暂，而且干燥多风，可以享受的好天气所剩无几。好不容易碰上一天，可能还得工作，所以只能对着窗户发几句感慨。然后转过身，对办公室里的所有人说，哎，咱们出去玩吧。大家头也不抬，都说好啊好啊，仅此而已，再然后就是依然闷着头各忙各的，对阳光和蓝天熟视无睹。

一般来说，只要进了电台大楼，再出来就是夜色低垂，准备踏上回家之路了。偶尔同事之间小聚，一块吃晚饭，会打破这种规律，提前走出大楼，好像自己得到了额外的奖赏。那个时候，建外大街一片繁忙，车如流，人如织。不知那些匆忙的赶路人心情怎样，反正每次我都会觉得生活终于美好了一下。如果赶上阴历十五，圆盘一样的月亮会从国贸大楼旁边升起，远远望去，美得惊人。

生活忙碌、平淡，像是程序运行一样，仿佛只有在直播时，以及面对屏幕敲字时，才变得真实。这也是我喜欢“Matrix”（《骇客帝国》）的原因。说不定每个人真的只是一条程序，规规矩矩地履行着自己的使命，但愿不会发生致命错误或者遭受病毒袭击。

提起电影，现在看的少了，忽然想起以前看的一部“Lost In Translation”（《迷失东京》），真是一部好电影。开场是壮观繁华的东京夜色，音乐赋予了它寂寞的心灵。我也曾有过一个人出国的经历，走在大街上，听着陌生的语言，周围的一切似乎都与你无关，它无限放大了你个体中原生的落寞与孤独。

其实，又岂止是在陌生的语言中迷失呢。在干燥多风的春天，在对着窗户发感慨的时候，在各忙各的匆忙中，在熟视无睹的天空下，在华灯初上的傍晚，在车如流、人如织的建外大街，甚至在国贸大楼旁边升起美得惊人的月亮时，不是一样地迷失吗？我相信这部电影在描写异国他乡的爱情与落寞之外，更描写了一种无时不在的迷失。越是在熟悉的生活中，固定的节奏里，我们越是迷失，因为我们已经把它遗忘了。

高中毕业那会，大家都拿个本子，彼此写留言。有一个同学给我写的就是：拥有你自己，永远不迷失……

乌云挤压了空间的密度

我们的视野变得如此浓稠……

逃离

无意中听到熊天平的《愚人码头》，又想起了去年那个突然在电视上露面的吓人一跳的胖子，不晓得他是怎样速成的。

“时间是码头，它收留我停泊”，听着听着，我不禁想起几年以前，在旧金山渔人码头的情景。其实想象中的景色和情调远比真实来得美丽，但是，坐在码头边的长椅上，心情却变得舒适，柔和的阳光让每个人的动作都充满诗意，这个陌生的城市不会让你手足无措。以前高唱着“If you're going to San Francisco，be sure to wear some flowers in your hair”，激动得热泪盈眶，而当时只是一种踏实的归属感。

两年前，一个曾经给我做过《网络无限》节目编辑的朋友去了伦敦上学，刚去的时候住在泰晤士河边上。他说每次打开窗看到那条河都会觉得特别感伤，后来他离开伦敦去了普利茅斯。在那里的时候，他又给我写过一封信，信中写到：……周围的人都

看得远，才看得轻淡……

走了，整个城市，都在欢快的庆祝圣诞节，我在家里，每天上工，还要准备1月底的考试，街上的商店都关门了，我储备了一个星期的粮食，忘记买水电，停了几天，还有什么倒霉的事情，一时想不起，还有 ... 也许就是那一点微不足道的寂寞吧……马上开学了，我无精打采，不想再咬着干面包，急匆匆的喝牛奶，往学校冲刺。我在这边没什么朋友。对不起，发牢骚，我祝福的话就是：祝你继续享受自己的生活，希望一切都好。另，我从伦敦到了普利茅斯(Plymouth，就是二战的时候被炸得稀巴烂的地方)，不过这里真的

很美，小型的海港城市。大海旁边的草坪，很高，能看到很远，有好多的狗在追，海风和大家想象中的一样柔和，很多人在这里睡觉，红白色的灯塔……这是一个适合逃避的城市，没有灯红酒绿……

前些天，他第一次回来了，看望一下家人和朋友。我见到他的时候吓了一跳，就像看到熊天平似的，原本瘦瘦的脸变成了圆盘。我开玩笑说，对生活失去追求啦？他笑说功课紧，晚上还要在邮局打工，处理文件，另外吃垃圾食品还不运动。我问他未来是留在普利茅斯还是回来，他说没有想好。

有些人注定是要逃离这个城市的，但是到了遥远的地方，是不是又和过去藕断丝连呢。我的一位大学同学在这个城市是如此的不快乐，几次考 TOEFL、考 GRE 都拿不到 A 级奖学金，后来突然不考了，突然结婚，然后马上飞到了美国，从此，音信全无。这个城市里这样的人可能很多，但大多像我一样选择留下，也许是因为不舍，也许是因为未必能够逃离。

最后篡改一句 John Denver《Fly Away》（远走高飞）的歌词：In this whole world there's nobody as lonely as you，There's nowhere to go and there's nowhere that you'd rather be.（在这个世界上没有人像你一样寂寞，没有地方可去，也没有地方属于你）

我的 1994

2月1日…校园里寂静无人，除了风的声响，就是我走路的声音…

2月2日…在班车上很困，睡了一觉，醒来觉得孤单极了…

2月3日…外面很暖，有些春天的气息。像这样骑车在街上走，对我却是久违的…

2月9日…今天是辞旧迎新的日子，我又辞什么旧、迎什么新呢…

2月11日…雪不停地下，在某个地方，它纯洁地积累；在某个地方，它又融化不见了…

2月17日…看着满桌的书、报纸、唱片、杯子、方便面、闹钟，心里就有一种踏实的感觉…

2月21日…天格外的蓝，像一块无瑕的宝石……太阳安详地挂在东方，建筑物都闪烁着熠熠的光辉……我这样走着，像首诗一样…

2月27日…生活中的机遇就像坐车一样。我上了一趟车，它却迟迟不开，眼看着别的车匆匆开走，不知道自己是换辆车呢还是继续等着…

3 月 1 日…总想见到你，却又不愿见到你…

3 月 2 日…接通电源后，我的眼前就冒了一股烟，然后是一阵难闻的气息。我苦笑了一下，把工具统统扔进抽屉，然后坐下来发呆…

3 月 3 日…梦到自己忘了如何说话了，怎么都想不起来了，急得我浑身是汗，咬牙切齿…

3 月 6 日…一切好像都在我的意料之中，没有惊喜，没有欢笑的成分。就像一道名菜，却忘了放盐…

3 月 17 日…灯光疲惫地如我的眼睛，布满血丝…

4 月 21 日…我是生活在一个二层楼里的。白天下楼上班，晚上上楼睡觉，好像生活就该如此似的…

4 月 30 日…癞皮狗病了，老实地卧在那里，让人顿生恻隐之心…

5月2日…雨点如箭镞般射了下来，地上的积水反射着车灯的光晕，我索性大大方方地在水里淌了起来…

5月6日…走过那条走廊，不知从谁家传来周璇的歌声，带着二三十年代的灰尘，弥漫了整个过道…

5月7日…我问服务员：为什么叫糊涂楼呢？小姐一笑说：不知道…

5月11日…我说你别动，让我好好看看。我说你没变，就是不知道心有没有变。你说心也没变……我低了头，满嘴的苦味。然后就醒了…

5月18日…路上有些冷，火车站嘈杂的人群让我恐慌……我现在坐在21次开往上海的车上，现在是22：45，喇叭里传来轻松的音乐，然后说晚安…

6月9日…当卷帘门“哗”一声拉下后，我便被置于一片黑暗之中，像是从此便与世隔绝。门拉下的情景历历在目，光明被一丝丝地剥夺…

6月19日…大家都来了。晚上吃饭，过的非常愉快。我破例抽了三根烟…

7 月 3 日…睡梦中就听到外面雨潺潺。从窗外吹来清凉的风让人很舒服。抱着被子，望着窗外，像是在听一个故事…

11 月 15 日…雪真大，不是雪花，是雪粒，啪啪地打得我睁不开眼，在我的帽子上衣服上结了一层厚厚的冰盖。我深一脚浅一脚地在黑暗中走着……远处传来一声喊叫，在无羁飘洒的雪粒中被打得零零散散…

12 月 8 日…晚上刚回来就起风了，我是多么想念你啊…

12 月 24 日…在大音量的音乐中呆了会，太累了…

以上的事情发生在 1994 年，已经多年没有写日记习惯的我竟然在那一年零零星星写了那么多的事情，有些已经记不清了，有些只是一种比喻而并不是真实发生的。十年后的今天纪念一下那个时候真实的忧伤。2004 年什么都没有，什么都没有留下。

虚幻是输给时间的筹码……

重阳

22 日作节目的时候，我号召大家去爬山登高，因为那天是九九重阳节。“九日登高望，苍苍远树低”，秋高气爽之日，登高望远，自会“念天地之悠悠”，让一点点感伤滋润你即将枯萎的思想。然而我只是身在 20 层高的办公室，对着窗外使馆区的房屋和树木发了一会呆而已。坐电梯，不爬楼，不吃钙片。

阴阳四象中，六为太阴，至阴，九为太阳，至阳，所以九月九日称为重阳。九主夏，而九九重阳却是秋风正起，“帘卷西风”，“半夜凉初透”的日子。落叶缤纷，秋意萧瑟，难怪有无数诗人骚客偏爱重阳。

喜欢重阳缘于王维的一首《九月九日忆山东兄弟》：“独在异乡为异客，每逢佳节倍思亲。遥知兄弟登高处，遍插茱萸少一人”。此情此景，内心中充满忧伤。还有唐代的杨衡，“不堪今日望乡意，强插茱萸随众人”。真是“把悲伤留给自己”，“把情感收藏起来”。

生活中有多少的情感无法倾吐，而只能道一声“天凉好个秋”啊！北方没有茱萸，类似的只有花椒树，小时候上学的路上就有好几棵。只是当时年纪小，不懂忧伤，不懂茱萸，不懂花椒。

“九日重阳节，门门有菊花”，环顾四周，只好把 MSN 上的图片换成了菊花。我的妈妈很喜欢养花，不过养过的菊花从来没有开过，后来只有放弃。倒是邻居家的菊花争相怒放，白色、黄色、紫色，在秋风里摇曳生姿，看得我满眼的羡慕。不过现在经常看见的是礼品花篮里光艳艳的菊花，与百合、玫瑰、康乃馨、萱草、米兰、满天星混杂在一起，“我花开后百花杀”的菊花就此去了傲骨，没了清雅，丢了性格。“待到重阳日，还来就菊花”，多少的情谊和期许；唐朝乐队也唱“菊花古剑和酒”，多少的豪情和浪漫。可是没有菊花，更没有菊花酒，晚餐要了菊花茶。

虽说是秋士易感，我仍然常常怀疑节日的欢乐气氛，总觉得欢乐是表象，是背景，是虚幻，而悲伤才是内心，是沉重、是真实。崔健唱着：别看我在微笑，也别觉得我轻松，我回家单独严肃时才会真的感到忧伤。

暖气未来的日子，裹三四层的衣服，热水一杯，依然缩手缩脚。抄录一首辛弃疾的《踏莎行》作为结束吧。

夜月楼台，秋香院宇，笑吟吟地人来去。
是谁秋到便凄凉？当年宋玉悲如许！
随分杯盘，等闲歌舞，问他有甚堪悲处？
思量却也有悲时，重阳节近多风雨。

……

复杂的零乱是一种秩序的美……

Dong 东·周记

我喜欢和朋友吃饭，一个人吃饭是凄凉的事情。

我喜欢音乐、电影、上网，喜欢躺在床上看书，喜欢一切高科技。

我不喜欢夜店，Disco，KTV。如果你问我为什么，我会说我怕黑的地方。这么说，并不是真的，只是每次这么说了之后，别人都会莞尔一笑，不再坚持。

我害怕和打呼噜的同事共同出差。

我不愿意打扫房间，收拾东西，我愿意解决问题，比如安装电脑、调试设备、修理水管、安装家具。

DENTUR AVRASYA

我喜欢公平，看不惯会直抒胸臆，因此得罪不少人；我喜欢平等，所以领导大都不喜欢我。

我在节目上能说会道，下了节目，大部分时间嘴聋。

我喜欢旅行，却不喜欢一个人旅行。

我喜欢写作，却总觉得写作是压力。

原来做节目，感觉自己是个艺术家；现在做节目，感觉自己是个流水线工人。

我信中医，爱中医，如果人生可以重来，我希望自己是个中医。

我养过狗，至今怀念“黑胖”，曾经因为喝多了酒想起它而哭过，很丢人。还养过鸡、兔子、花栗鼠、蛐蛐、蝈蝈、蚕、蜗牛……我的理想是养一只狗，两只老母鸡。

……

有一天，我看到了 空中的世界……

杂音

刚来电台的时候，录音还在使大开盘带，中间是一个一厘米厚一面空的铁盘芯，磁带裸露地缠在外面。机器有两种，一种是苏联产的老式机器，很巨大，粗糙，操作也不方便；另一种是TASCAM，功能强，外观漂亮，非常便捷。

上带子是一个很优雅的动作：将开盘带轻轻放在机器左边的盘轴上，扣好（实际上很少去扣它），拉住磁带一头，绕过各种滚轴和磁头，然后缠绕在右边盘芯上，一转，好了，可以录音了。学习上开盘的过程让我很得意，当别人还弄不清怎么绕的时候，我已经在谈笑间让樯橹灰飞烟灭了。几天之后，便像老的录音员一样，开始单手操作，而且速度越来越快，经常以迅雷不及掩耳盗铃之势而大功告成，巨帅无比。

不过上开盘是有危险性的，因为磁带是裸露的，快进、快退之间容易形成不同高度的缠绕，所以在取上取下之时，一不小心，

我常常睁不开眼，
只因为太多的光……

带子就会脱落。处理方法只有两种：一种是费上几个小时的时间用手从头绕一遍，容易累死而且成功性很小；另一种很简单，就是扔掉它。可想而知,那种所有工作全部报废的痛苦心情了。还好，我自己只遇到过一次，呼天抢地气急败坏一番，然后无可奈何地走进机房重新开始。

现在这一切已经成为过去了（其实还有一些人仍然在用着这种古典的方式，虽然很少），机房里的设备已经换成了音频工作站，工作起来也越来越方便，尤其是剪辑。在以前，录好的节目，如果中间要剪掉一小段，有两种方法：一种是准备另外一盘空白带，对跑一下，到中间要剪掉的部分停下来，让过去，不录在新带子上。这种办法就是麻烦一些，耗时很长；另外一种简单但是要求技术，那就是用一把剪刀把那段带子剪去，这很考验录音师的水平，因为要剪得天衣无缝很难。剪带子一般是45度角，然后将两个接点对齐粘在胶带上，再把多余的胶带剪去。第二种方法一般迫不得已的时候才会使，所以跑带子在机房是很常见的事情。

一般这个时候，录音员可以闲下来休息、聊天。有一次我和一个录音员正聊得高兴，她突然跳起来，大喊一声“杂音”，然后赶紧去处理。这无意间的一句，成为我那一段机房生活的最后定格，一直记到了现在。她说那些美丽的音乐在她的耳边已经不会引起太多的注意了，但是，一个小小的杂音，却可以让她瞳孔缩小，并且跳将起来。

不知道你有没有同感，生活中太多的事情都是如此，我们耿耿于怀一个小小的杂音，却忽略了那么多非常美好的东西……

云朵和思绪都是缥缈的……

快乐的顶点

我的肩膀忽然有一种手机震动的感觉，可手机在我的手里啊。猛回头，一个新疆小孩正专心地拉着我的书包拉链，四目相对，他飞快转身，跑下地下通道的台阶，不见了踪影。

地下通道里总是歌声起伏，而唱歌的歌手真是一茬不如一茬了，弦也调不准，唱得也走调，歌曲也由许巍变成了“小薇”。记得当年在苗族、侗族山寨里采风时，那里的人说，唱得好、长得好的姑娘都去北京了，也不知道那些唱得好的地下歌手们去了哪里？是不是找到了一份固定的工作从此朝九晚五，吉他和歌本扔到了角落和蜘蛛灰尘为伴。这一个穿越大街的地下走廊，黑暗中蕴藏了多少梦想，然而这些梦想又怎能经得起阳光的灼烧呢？

我的《流行也精彩》曾经录过一个片花，采访的就是一个地下通道歌手，他喜欢唱许巍的《简单》。他说我不是卖唱，我在这里看着人来人往，我是给他们带来快乐的人。片花做好后，背景就是他在地下通道唱歌的声音，混着人声过往的杂音。他唱得要比许巍热情和奔放，“现在我就是你快乐的顶点……”。然而每次听的时候我都会感到一丝悲伤。

差不多每天两次穿过那个地下通道,繁忙的走廊。卖盗版书的、卖花的、卖玩具的、卖杂物的、卖艺的、乞讨的、露宿的、偷东西的、回收硒鼓墨盒的、发打折机票名片的、发房地产信息的，真是“沸腾的生活”。

曾经有一个十三四岁的男孩在那里发名片，嘴里不停地念叨“打折机票、打折机票”，每次都朝我递过来，每次我都摇摇头，飞快地走过，我不愿意减慢脚步，也不愿意耽搁时间。日子久了，长相都熟悉了，每次他还会递过名片来，每次我仍旧摇头仍旧健步如飞,只是多了一个微笑。后来发名片的换成了一个高个的男人，那个孩子消失了踪影。以后的日子里，我常常感到有点后悔，后悔从来没有接过一次名片，后悔没有给那个孩子一点举手之劳的希望。虽然那张卡片于我只是废纸一张，然而我会向一个拒绝我的人几百次地伸出手吗？

不知道哪位国际要人来了，地下通道被清理得一片难得的空旷，几十米的距离赋予它生命和情感，我却感到一份陌生。虽然我无休止地在其间穿梭，可那里发生的故事我又能听懂多少呢。

一天晚上穿过那个走廊时，刹那间停电了，绝对的黑暗吞没了一切，紧接着是一片低声地轻呼。我猛然停住脚步，像时间一样定住了，不知道该如何是好。耳边还有喧哗和嬉笑，然后一个鲜艳的光点晃动起来，随即两个、三个，是手机的光亮，我竟然没有想起它。时间又流动起来，各种颜色的光点在黑暗的舞台上舞蹈，像精灵一样无拘无束。我开心地笑了起来……

情书

“今天，北京非常热，中午，发现不知从哪里飞来的一只鸽子躲在办公室外的窗台上避暑打盹。我看它，它就警惕地睁开眼，躲了躲，却并没有飞走。这个可爱的小家伙可能是只信鸽呢，飞累了，就选择了这个窗台休息。我不敢有太大的举动，怕它飞走。每次抬眼看它，它都会睁眼看我。不知过了多久，当我再抬头时，它却已经飞走了……”

“我现在就是这样的感觉。在我的世界里，可能你就是那样一只鸽子。”

一个朋友失恋了，在网上聊天向我诉说痛苦之情。我说写封情书给她吧，他说我不会写，你给我写吧，于是就有了上面那段文字。其实第一段是很早写的，为了变成情书才有了下面那句话。不过他说，你写的哪里是什么情书，快成离别赋了，都飞走了啊。我说你不懂了吧，这才让人回心转意呢。

现在有多少人是写过情书的呢？应该不多了吧（或者是因为字写的太难看了）。都是电话、短信、QQ、MSN，还有人会用心、用笔在真实的纸上写下那些思念的文字，通过邮差传递感情吗？我怀疑。那些妙绝的文字不用笔抄下来真是可惜呀！“寤寐思服，辗转反侧”、“上邪！我欲与君相知”、“红酥手，黄藤酒”、“思君如满月，夜夜减清辉”……不过，如果现在这样做恐怕会被人讥笑为古董吧，弄不好还会把人吓跑呢，还是点首歌方便快捷。

上大学的时候，一位同窗曾经得意地向我炫耀他女友写给他的一摞情书，不好意思，我真的看了一封，因为诱惑力实在太大了。里面除了“夜夜常留半被，待君魂梦归来”的伤感之外，有一个情节我印象很深刻，她说：……每次去你家找你，我都从来不会事先给你电话，我只期望一种冥冥之中的缘分，希望你恰巧也在，并默默等待我的到来……当时的感觉是，这应该是男孩写给女孩的情书，真是搞反了。而且那个女孩明显地被爱情冲低了智商，把感情看得太玄妙太完美，以至于不能适应现实。更绝的是，我的那位同窗从没写过情书给女孩，他说自己没文采，不会写。那一对情侣的未来并不美好，他们不到一年就分开了，不知道是谁离开了谁。也许是因为那个女孩每次去他家找他，他都恰巧不在，并且没有默默地等待女孩的到来吧。

我总觉得情书的结果大多是悲伤的，越是感人的情书越是如此。此事古难全。文章一开始提到的那个失恋的朋友最后做出了决定——他自己写一封情书，撞撞运气。好些天没和他联系，不知道结果如何，祝他好运吧！

阿尔莫多瓦的电影《对她说》，特邀 Caetano Veloso 现身演唱了他那首著名的 Cucurrucucú Paloma 咕咕叫的鸽子，真是动人啊。

在我的世界里，你就是那样一只鸽子……

注视着你的注视，忧伤着你的忧伤……

心动过速

什么时候心跳会加快，我给自己总结了一下：

发烧的时候（任何发烧的时候）

看见喜爱的人（一见钟情那种）

第一次吻别人的嘴（王菲唱得真好）

看见大把的钞票（附带眼睛放光）

看恐怖片（一张大白脸）

上学时1000米跑测试前（再不开始腿都要软了）

军训的时候去偷西红柿（所谓偷来的果子最甜）

参加抽奖的时候（二等奖没有，一等奖会不会是我呀）

第一次直播（还好，就多跳了半分钟）

主持大型活动上台前（大会堂的舞台压人啊）

发现找了好久的书、唱片、影碟（眼尖手快）

看见马蜂窝（在自家阳台上）

郊游在草地上吃饭，一条蛇从脚边爬过（什么动静）

点只有两毫米长引线的麻雷子（好多人看着呢，别丢脸）

和别人比赛打球，差一分就要赢的时候（一看就是非比赛选手）

差点撞车时（%#•*@$#&）

驾车违章突然看见警察（他没看见吧）

睡得正香时电话铃狂响（靠，谁呀）

玩游戏马上就要通关了（颈椎都不疼了）

小时候坐公共汽车逃票（还有一站，别查票啊）

爬到树顶下不来（下来总是一件痛苦的事）

在西藏（值了）

在医院等家人手术出来（等候大厅每次通知家属的电话响起）

还有……

还有就是心动过速的时候。窦性心动过速。

第一次有这种体会是上大学的时候，医生给打了一针，说了一句没事就让我回去了。然后有学医的同学发来资料给我，好像是控制心跳的什么东西罢工了，又什么交感神经、迷走神经之类的。前些天突然感觉特别疲劳，以为中暑了，大口喘气，后来无意中发现心跳已经120下了。Enigma有首歌，第一句歌词就是My heart goes to boum-boum-boum，形容我太合适了，我的那个心啊，砰砰砰！

同事拿我开玩笑说，怎么过速啦，激动什么呀，又没让你去相亲，瞎跳什么呀，做思想工作都不管用啊。我说，别看我现在坐着，其实正在长跑呢。于是他们又说你真充实,欲罢不能的感觉不错吧。哎，这就是我的革命同志，还说，这是对我的一种治疗。

没事就躺着歇着，真想多歇会呀，再歇会行吗？是不是我们大家的生活都有点心动过速！

再平静也有涟漪……

Dong 东·周记

我们要到南部国家去
到希腊去
那你们也需要钱啊
我们不需要钱
因为我们彼此相爱
……

我们要到海岛上以钓鱼为生
打猎
阳光灿烂
天永远不会下雨
我们还会吃螃蟹
喝着酒
……

我们不是在电影中看到别人的生活，
而是在别人的生活中看到了自己……

桃源在望

电影《大鱼》（Big Fish）里面，有一段描写了一个乌托邦的小镇——幽灵镇，像极了《桃花源记》中记述的那样："土地平旷，屋舍俨然，有良田美池桑田之属"，但是主人公在到达的当晚就义无反顾地离开了，让小镇的人惊讶不已。的确，这样的世界太不现实了，永远的阳光草地、丰足的生活和夜晚的狂欢，甚至那些在表演的演员们，欢乐的表情都那么虚假。幽灵镇的故事似乎是一种隐喻：诗人在幸福的土壤中失去了创作力，可见安逸的生活扼杀了他的才情，而幽灵镇后来面临崩溃也证明那不过是生活的另外一种死亡罢了。

但是，我总觉得这样的故事像是一种酸葡萄效应，或者说给无奈现实的最好开脱。我还是很向往那样的一种生活：宁愿如电影中的诗人一样，在那里失去所有的创作力也在所不惜，然后等到厌倦之后再去寻找新的刺激。不过现实生活中，个人乌托邦式的生活是要付出代价的，即使是梭罗在瓦尔登湖畔自力更生的田园图景，也只不过是放大了其光鲜的外表，而隐藏了背后的苦痛。

记得刚兴起买彩票的时候，我就叫嚣，中了四百万就退休，然后把目标降到了二百万，又降到了一百万，反正没买过几次倒是真的。而且我自觉是一个瞻前顾后的人，目前还不敢做出抉择，不过身边总是有人做出惊人之举，倒是给了我一次又一次的冲击：一个经常送我佛经的朋友终于出家了，一个在北京开店的朋友关门去了大理。

前两天又有一个朋友辞职了，在上庄水库边上租了农民房，准备过一种简单懒散的生活。那个地方是如此的诱人，因为我喜爱的纳兰性德就葬在那里。据说他的墓早就被盗空了，文革时期更是被夷为平地，令人痛惜。他的墓地现在已经难觅踪影，不过在原址正南的水库边上，建起了一座纪念馆，只是我还没去瞻仰过。后来听说那块地方被什么人看上了，现在变成了为自驾游的客人准备的农家菜馆了……

桃源，只宜远观，不宜居住……

我去上庄河北村看望我的朋友的时候，她还住在别人的家里，因为她租的房子还没有装修。院子外面是波光粼粼的河水，院子里面我们喝茶聊天，感觉很美好，她还高兴地说附近有一个苗圃，树木卖得很便宜，她正犹豫在自己的院子里种银杏还是种海棠……

吃过了她亲手做的面条之后，我才离开了那里。那种生活令人羡慕,不过我也知道那还不是我想要的生活。我的欲望还有很多，尘缘难了。而给自己一个美好的念想，算是桃源在望了。

苦艾酒馆

终于看到了这幅画，隔着栏杆，距离一米，价值 4000 万欧元，92×68cm 的法国印象派名作——德加的《苦艾酒馆》。

太熟悉了，仿佛我就坐在酒馆里，猛抬头看见了一样。男人留着络腮胡子，衣着邋遢，面容憔悴，茫然地抽着烟斗；女人神情沮丧，满眼忧伤，颓然坐着，好像没有一丝的力气。冰冷的桌面和他们身后的镜子所带来的空旷感更映衬着他们内心中的失落。他们在想些什么呢？我扫描着整个画作，最后才将视线凝聚到真正吸引我的地方，那是女人面前的一杯酒——苦艾酒（Absinthe）。

苦艾（wormwood）是一种药用植物，古罗马战车竞赛的冠军要饮上一杯浸着苦艾叶的酒，提醒胜利者光荣也有苦涩的一面。苦艾汁作为一种添加剂用来酿造苦艾酒。苦艾酒配方复杂，主要成分有茴香、海索草、蜜蜂花、桧、肉豆蔻、婆罗纳等植物。酿成之后碧绿透明，被诗人称作“绿色缪司”或者“绿色仙子”。

法国作家于斯曼形容苦艾酒的味道像是“吮吸一枚金属纽扣似的”，“虽然加了糖将令人反感的味道冲淡一些，但还是有一股黄铜味”。不过也有很多人看法不同，他们觉得苦艾酒香醇无比、回味悠长。王尔德讲过：苦艾酒可能是世界上最富诗意的东西，一杯苦艾酒和一轮落日又有什么区别呢？他在进入佳境之后形容自己看到的情景：我感觉大簇大簇的郁金香，在我脚边挨挨擦擦。

的确，这一切来源于苦艾酒微妙的致幻作用。正因为如此，它神秘的绿色散发着诱惑、美和快乐。电影《红磨坊》中作家住的阁楼下就挂着“苦艾酒吧”（Absinthe Bar）的招牌，可见苦艾酒给当时的巴黎添加了多少的风韵。然而，苦艾酒也有其罪恶的一面，它可以导致失明、癫痫、精神错乱、甚至死亡，它的另外一个名字就是“绿色魔鬼”。1915年，第一次世界大战期间，苦艾酒被禁。德加的《苦艾酒馆》在当时成了“丑陋”的作品，甚至被形容为“社会的暗光”。

在美术馆为保护画作而特别调暗的灯光下，看着眼前画布上的这杯苦艾酒模糊地静止在那里。酒斟得很满，应该还没有喝，或者已被轻轻地啜饮了一小口，等待它慢慢地将痛苦融化，它能给那个失落的女人带来多少的安慰呢？

其实让我如此迷恋这杯酒的真正原因还并不仅仅如此，而在于那些被它穿过肝胆之后，便会为了它而激情迸发、为了它而失意沉沦的艺术家们，那些光辉的名字：缪塞、波德莱尔、王尔德、马奈、凡·高、魏尔伦、毕加索、海明威……苦艾酒是苦涩的，喝过之后却能够感到快乐；生活也是苦涩的，品过之后快乐会如期而来么？

八十年代初期，欧盟取消了苦艾酒的禁令，但是据说改良之后的苦艾酒变成了乳白色，原来那种神秘的绿色悄然消逝了……

十分钟年华老去

11：48　看一下手机，喝上最后一口汤，放下筷子，快步走出餐厅，进入大楼，穿过大厅，坐电梯，刷卡，武警放行，进入导播间，和值机人员打招呼，和同事交接班，开两句玩笑，坐在直播台前……11：58

贝尔托鲁奇《水的故事》　00:00　一个偷渡到意大利的中东男子，离开树林里吹笛的老人，水边遇见她，帮她修理摩托车，到她的餐馆，喝她递过来的水，相爱，结婚生子，终于拥有的汽车掉入河中，最后，男子回到吹笛老人面前跪地掩面而泣，一列现代化高速火车在树林外瞬间呼啸而过……00：10

14：02　回到办公室，瘫在椅子里，回电话，拆信、拆邮件，收短信：明天下午开会……14：12

伊利·曼佐《瞬间》　00：00　他在院子的苹果树下小憩，朦胧中见到自己走过的一生，从年轻俊朗、潇洒挺拔，到成熟坚毅、身宽体魁，再到松弛苍老、沟壑纵横，他隔着铁丝网看见两个女孩，光滑纤长的腿蹬着脚踏车轻盈而过，一个熟透的红苹果落在他的头上……00：10

世界如此庄严，我们才有出发的勇气……

16：18　银行里排着长队，犹豫之后离开，走一站地到另外一个银行，发现已经变成了美发厅……16：28

维多·艾里斯《生命线》1940年6月28日15：40 一个西班牙小村落宁静安详的下午，出生不久的婴儿和美丽的母亲沉浸在睡梦中，婴儿脐带缓缓渗出了血，男孩用炭笔在手腕上画一只手表，女孩荡着秋千，只剩一条腿的青年编着草绳，男人在除草，女人揉着面粉，老人独自摆着扑克，婴儿的哭声，惊慌的呼叫，事情平息后一张张的笑脸，时钟、秋千、编织、除草、揉面，男孩用口水抹去了画在手腕上的手表，报纸上二战时期的纳粹军人住着拐杖面带微笑……1940年6月28日15：50

18：26　启动引擎，离开车场，交费，开收音机，天气预报说即将有一股冷空气南下，上三环，堵车，停停走走，看见两辆追尾的汽车，两个男人在理论着，车终于可以开起来了……18：36

维姆·温德斯《距离托那12英里》　00：00　下午，刺目的阳光，高速公路边上的诊所没有开门，男人急切地看表，不得不继续开车上路，前往12英里外的医院，他开始出虚汗，手捂住胸口，满脸的痛苦，他大声地放着音乐，他逐渐控制不了自己的动作，开始出现幻觉，大片大片的风车还有空中五彩斑斓的云朵，他踉跄着下车求救，上了一个女孩的车，昏迷，再一次睁开眼睛，看见女孩宛如天使的笑脸……00：10

时间是一条河流。一切造物不可抵挡的浪潮。事物一旦映入眼帘便瞬时消逝。它们的出现仅仅是为了被冲刷殆尽。——马可·奥利里乌斯《冥想》

23：07　开车进地下车库，上电梯，开门，开灯，换拖鞋，烧一壶水，开窗，开电脑，收信，水烧开的声音……23：17

我常常用沉默表达我的心情……

小丑

没想到会有一些人写信来安慰我，或许他们看了我写的《我的1994》之后以为我受到了什么刺激。其实只是我的思考方式和别人不大一样而已。回顾过去的一年，大家总在说自己干了什么大事，是不是升职了，换工作了，挣钱了，结婚了，忙这忙那。我也很忙，好像成绩也很多，可我总觉得空荡荡的。

上中学的时候看过一张很著名的摄影作品，名字忘了，就是一个满脸油彩的马戏团小丑坐在后台狭小的化妆间里，用手帕擦眼泪。这张照片当时给我带来了巨大的震撼。看他的样子应该是中年，身体已经发福，擦眼泪的瞬间被摄影师偷偷地捕捉到了，那些原本只属于他自己的悲伤在每一个观看者的心中得以蔓延。

还有费里尼的《大路》。杰尔索米娜，一个有着最最纯洁而又惊恐的眼睛，清澈而疲惫的笑容，天使般善良的乖巧的小丑，当她在人群中表演时，她的眼中闪烁着光芒，而这一切属于一个叫藏

巴诺的残暴的莽汉，他的胸膛可以挣断铁链，却不是她的栖身之所。他们在大路上奔波流浪，路过一切的苍凉，她也在一天天地枯萎。她逃跑，穿着她的旧鞋子，被抓回，她为他的种种罪孽深深负疚。她疯了，她被遗弃，未知的前方……她去了哪里，没有了她，世界好像失去了灵魂。我们听到了她常哼唱的小调，我们跟随藏巴诺寻找她的踪影，我们的心紧张地跳了起来……然而杰尔索米娜死了，她像一缕烟尘一样消失了。从那个让人痛恨的男人眼中，我们终于看到了一点属于人性的忧伤，他刚刚发现自己是爱她的吗？她的死拂去了这个男人心上蒙蔽的灰尘，他强壮的身躯霎时枯槁。救赎和怜悯都那样微不足道，天使的光辉在大路上也只是一晃而过，蔓延在心中的仍然是马不停蹄的忧伤。

我们每个人都是一个小丑么？不，不是，我们都是那个藏巴诺！我们视小丑为玩物，我们只有欲望没有爱，我们只是混饱肚子，我们的胸膛可以挣断铁链却没有一杯水宽广，我们只会打把势卖艺，我们日复一日地在路上奔波却看不到希望，我们的耳边只有频率没有音乐，我们的收获只有贷款没有生活，我们表面坚强内心冷酷，我们只有等她死了，才能看见自己的心……

我们，还不如藏巴诺幸运……

幻觉

有一天早晨，我经过东便门，顺便登上了门楼，发现门楼的内侧是一大片荒凉的土地，阳光初升的雾气笼罩在上面，有一种令人动容的肃穆。我使劲咬咬嘴唇，觉得是在做梦，可是疼痛告诉我这一切都是真的，这个地方在很早之前我就来过了，我很熟悉……

然而刚才的这一切从来都没有发生过，从来没有，这一切全都是我的幻觉，即便咬嘴唇的疼痛还如此的清晰。幻觉是那么迷人，那么有诱惑力，那么深不可测，那么商业而又有内涵，那么残酷而又不动声色……

所以我喜欢安东尼奥尼著名的影片《放大》(Blow Up)。一个摄影师在公园里偷拍了一对情侣的照片，冲洗之后，在一些细微的地方发现了可疑之处，于是他反复放大了那些照片的局部。难以置信的事情发生了，他竟然拍摄到了一次谋杀！然后摄影师采取了种种行动来查取证据，但是一切似乎都是徒劳，一切似乎都没有发生。在真假难辨的惶惑中，你是否明了自己的现状和选择呢！

很早之前，我也向我论坛里的网友推荐过一本书，名字叫《派的一生》(Life Of Pi)。书的封面非常漂亮：蓝色的大海，白色的小船，上面趴着一支懒懒的金灿灿的老虎，还有一个黑黑瘦瘦的男孩的剪影，在海中随船而上的是一群鲨鱼和海龟。封面看似美丽而浪漫，但故事却是惊心动魄的。最重要的情节是，十六岁的印度男孩派，随父母坐船去加拿大，船只失事，他被水手扔到救生艇上去喂鬣狗，救生艇上还有一只断了一条腿的斑马，一只猩猩和一只孟加拉虎，于是，男孩海上生存的故事由此展开。最后艇上只剩下男孩和老虎，男孩靠给老虎捕鱼而幸存下来，经过漫长的漂泊之后，终于到达墨西哥海岸，老虎不辞而别……

然而故事并没有结束，书的结尾是一份保险公司的调查纪录，里面有另外一个完全不同的沉船故事：救生艇上有四个人，一个断了一条腿的华人水手，一个法国厨子，派，还有他的母亲。厨子当着派的面杀死了水手和他的母亲，而厨子的下场并没有交代，但我们都知道是谁生存了下来。那么杀死厨子的那只老虎是谁呢？没有说。难道是派的另一个自我吗？难道是目睹母亲被杀，又亲手杀死厨子，然后面对无尽的孤独和恐惧之后无法逃脱的替身吗？

假作真时真亦假，一切都是那么的难以判断！你是相信摄影师呢，还是觉得那一切都是幻象？你是承认老虎的存在呢，还是觉得那不过是谎言？在分不清的真实和假象之间，在一步之遥的传奇和悲剧之间，你做何选择呢？

十月十三日，宜祈福，不宜嫁娶

“呼儿将出换美酒，与尔同销万古愁”，“十年一觉扬州梦，赢得青楼薄幸名”，可惜才子风流的时代已经一去不复返了；“沧海一声笑，滔滔两岸潮”，“傲气面对万重浪，热血像那红日光”，流行音乐里的侠肝义胆豪情壮志也即将烟消云散。

黄霑已经是最后的风流才子，最后的真性情人。

看贾璋珂的《站台》，特别有一段是一个文工团的演员在大声朗诵80年代非常著名的长诗：风流哟风流，什么是风流？我心中的情丝象三春的绿柳；风流哟，风流，谁不爱风流？我思索的果实像仲秋的石榴……我上学时也背过几句，好多朗诵比赛都有人选这首，拖着长音和高腔，无比的豪迈。其实后面的诗句现在看来非常地搞笑：“一口清”，是查号话务员的风流，“一刀准”，是肉

店售货员的风流；“神刀手”，是女修脚工的风流，“描春人”，是清洁队员的风流……

狂笑的时候心底已是悲哀……

上学的时候，非常喜欢古龙。他笔下的主角都是心胸坦荡的人，从不满嘴的仁义道德，从不虚伪做作，从不假情假意，并且似乎都有些坏，都有些缺憾。他的文章少不了酒和女人，就像他的生活一样，他就是那些剑客，除了非凡的武功和俊朗的身形。很喜欢他每篇文章的开场，比如：三月二十七日，大吉。诸事皆宜。赵无忌倒在床上。他快马轻骑，奔驰了三百里，一下马就冲了进来，进来就倒在这张床上……窗外阳光灿烂，天气晴朗，风中带着花香。赵无忌看着窗外的一角蓝天，终于缓缓吐出口气，喃喃道：“今天真是个好日子。”香香今天居然没笑，只淡淡地说“今天的确是个好日子，杀人的好日子。”读到此处，不禁拍案，为文字间那份从容不迫的气势，也为现实中蝇营狗苟的生活。

黄霑没有赵无忌的好运气，他被癌症杀死了，他有没有对他的女人说今天是个好日子呢？北京今天刮起了大风，阳光下木叶萧萧，平添几分凄凉。对于大多数人来说可能在今天才知道那些熟悉的歌原来是黄霑写的，好在黄霑只活在音乐、电影和文字中，尤其是武侠电影和音乐，所以成全了他难得的风雅与豪情。对于

我来说，感觉他很像古龙，在庸庸尘世中能有笑沧海、傲风霜的内心世界，把酒当歌，纵情声色，才情万丈，不枉此一生。

写到此处，已是零点四十六分，黄老先生已西行一日了。听着他的歌曲，想着快点写完，然后洗澡睡觉上班。现在，风流的人有很多，而风流的才子已经绝种，“千古风流人物”也已经过了截止日期，倒是“风流总被雨打风吹去”依然明镜高悬。所以就这样小心翼翼地生活吧，不敢高声笑，恐惊楼上人……

Dong东·周记

证件、钱包、手机、相机、充电器、笔、书、洗漱用品、内衣、袜子……

终于出门。

出租车。

机场。

每当飞机起飞的时候，我都会有一种如释重负的感觉。

离开一座城市，就像是和自己再见……

当真实如此不真实，我就有一种热泪盈眶的冲动……

车窗外的风景

我不喜欢开车，所谓驾驶快感都是骗人的，有钱人会请司机。我这么说不是得便宜卖乖，开车还是方便快捷一些，虽然很堵车。但是我不喜欢开车。确切地说，我比较懒。

开车人和坐车人的视角是完全不一样的，所以很多刚开车的人会发现原本熟悉的路都变得陌生了。坐车人眼中的世界是丰富多彩的，而开车人的眼里只有前后左右的车、信号灯和警察。我很怀念以前坐车的日子，可以看车窗外的风景，哪一天树开始绿了，哪里又起了一座新楼。

在无数旅行的日子里，即使那些陌生的景物都如同老友一般熟悉。我向每一棵树问候，我也设想那些行人的生活，而我们之间只有静静地注目，映入眼帘然后迅速消失。观看者是置身事外的，一切的关联只是一道注视，有的如烟一般散去，有的却撞进你的视觉深处，永久地定居。

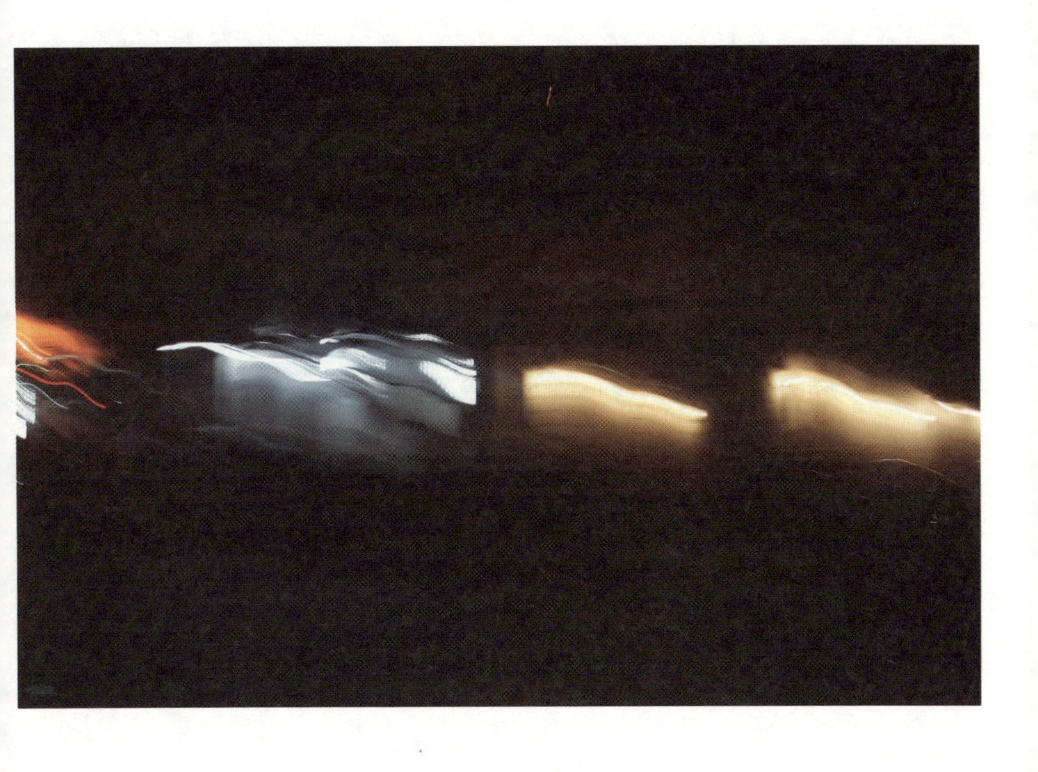

车启动了，窗外的一切便有了生命。夹着包步履匆匆的中年人，骑车载着女友的小伙子，门口堆满花篮刚刚开业的饭馆，超市门口玩着推车的小孩，爬满立交桥的爬山虎，挂在空中给高楼擦洗外窗的工人，高速路收费处的女孩，将车停在路边的吸烟人，田野，大片的田野，村庄，嗑着瓜子儿街边聊天的女人，打篮球的军人，几只悠闲的羊，一棵高大的开满花的槐树，满眼的槐树，雨点，一只落在电线上的唯一的鸟，蒙蒙的雨雾，逐渐暗淡的天空，交错的车灯……

当终点到达的时候，就像是电影演完灯光亮起，你不再拥有注视、俯瞰人间的权利，仿佛精灵坠入凡间。一扇窗，隔离了四分之三的世界，让我们的思想清晰，充满感情，上苍一定是透过一扇窗看我们的。360 度的世界，不停地旋转，我们由点变线，由线变成线团，剪不断，理还乱。我们没有一扇能看到自己的窗，但是，那些被注视的一切，其实就是你自己。

有一年在贵州，从侗族山寨返回的崎岖山路上，天越来越晚，直到车里伸手不见五指，窗外只能看到前面车灯覆盖到路旁的不停晃动的光斑。不知道开了多久，饥肠辘辘，疲惫不堪，所拥有的只是马达的噪音，甚至有时还有那么一点点绝望。更多时候，只是那么不停地颠簸着，在一片虚无中颠簸着。

车转过一个弯，眼前猛然一亮，仿佛是鸿蒙开辟的第一片光，驱走了世间的黑暗。那是一片灯光，来自一个小城镇的路灯，在山坳中夺目的美丽，甚至美过长安街上的点点华灯。车上一片欢呼……

那真是一段刻骨铭心的回忆，而那片光早已经是我身体的一部分了……

一扇窗，隔离了四分之三的世界，
让我们思维清晰，充满感情……

看海

海洋太大了，地平线太远了。每当我面对大海的时候，都会长时间地保持沉默，脑子里什么都不想，沉浸在那一片广阔无垠当中。

什么都不想，你试过吗？在生活中简直不可能做到！虽然不能这样解释佛家的“莫妄想”，但也是一种入定的境界吧。只可惜杂念太多，心园荒芜。

不过此时我的脑子里却是什么都没想，这是我最享受的时刻。穿着短裤躺在躺椅上，听着海风吹着遮阳伞哗啦啦地响，让被大都市包裹的身体接受UVA、UVB的热烈相拥，让血液中的氧气开始一轮最新鲜的置换。

大部分时间，我就这么呆着，看海浪翻涌。涨潮时，水可以直冲上来，感觉自己就像躺在海中一样。“受台风影响，往年冲不到

这么远”，租椅子的小伙子浑身晒得漆黑，无所事事地和我闲聊，“今年生意不好，雨水多，赔定了。”的确，这个地方已经不像多年前来时那么干净和清静了，跑马的，开饭馆的，卖纪念品的，恨不得比游客还多。

学生也很多，应该都是本地人。男孩女孩嬉笑追打，衣服鞋子往沙滩上一堆，就往海里冲，开心地大叫，年轻的身体闪着光。一对情侣往海中走去，男的胳膊底下夹着游泳圈，原以为是给女孩拿的，没想到自己套在身上了，女孩推着他教他游泳。我呵呵笑了起来，然后又觉得挺美好。还有生猛的，在沙滩上像海豹一样趴在那里一动不动，醒来后钻入水中，一会就不见了踪影……

看过一个欧洲的短片，开场镜头对准一个街道，画外音说，一辆电车开过来，左边走过一个男人，两个打伞的女士过马路……这是导演在调度吧，我猜测。接下来这种描述持续了很长时间，原来只是一架摄像机支在那里，拍摄者看见什么就说什么。最后摄像机开始做360度缓慢地旋转，我们便会看到刚才镜头的后面原来是一大片荒凉的土地，萧瑟的树木，混浊的天空。画外音的聒噪已经停止，而街道上的噪音还在继续。

多么惊人的相似。其实应该是相同吧。生活像戏一样，如果你愿意做一个导演或者画外音；当然你也可以回过身，做一个沉默的哲学家或者病人，面对满目荒凉。

海边晚餐，火烧云，绿草坪，啤酒，扇贝，螃蟹，把在大都市挣的钱都扔出去。散步，突然看见海上明月共潮升，一轮圆月，美的要死。给朋友发短信，海上升明月，朋友回短信，我这边看不见月亮啊。

一夜无梦。起床站在阳台上眺望远处的海，想起海明威笔下那个落寞的老人。他不再梦见风暴，不再梦见女人，不再梦见伟大的事件，不再梦见大鱼，不再梦见打架，不再梦见角力，不再梦见他的妻子。他如今只梦见一些地方和海滩上的狮子……

飘摇

多年前，大连一家电台采访我后，请我录制一个ID。在呼吁大家收听的同时，还说我去过大连，很喜欢那里，争取有钱买套海边别墅养老等等，胡说半天只是想烘托一下气氛。

后来再去大连出差的时候，接待的人见到我就笑，开口就是，“我真的有钱”，然后再笑，弄得我丈二的和尚摸不着头脑。接下来的几天，这种情况多次发生。他们还说，现在大连人民都知道，你真的有钱。原来，我曾经说的“争取有钱”，所有人都听成了“真的有钱”，以至于名气大增，被很多人瞄上了。为了避免大连人民受骗上当，我又录了一个新的片花，说本人实在没钱，在大连买别墅是下辈子也实现不了的梦了。说完了，还想，这回不会又错听成别的什么了吧。

从大连回来后就有听众问，沙滩美女怎么样？我笑说只有沙滩，没有美女，他们还不信。那个时候在大连还不是游泳的季节，

所以海滩上真正游泳的人并不多。更遗憾的是沙滩，确切地说，应该是小石子滩，大连没有真正的细沙海滩，这让那些做着浪漫之梦的人们感到沮丧。不过，快乐是挡不住的。趁着涨潮，我们玩起了赶潮的游戏，像是疯狂的西班牙人在奔牛节上挑逗蛮牛一样。光着脚向海浪跑去，然后等浪头咆哮而至时，拼命往回跑。笑声、惊叫声不绝于耳，大家瞬间回到了童年。

我更喜欢在离开北京的日子，喝上一点酒，没人劝的那种酒。然后借着酒意和学中文的女孩子背诗，东一句、西一句，想不起来的就互相提示，从唐诗到宋词，竟然最后到纳兰性德。记忆力减退了，磕磕绊绊，让人恼怒，再借着酒意悲伤。

晚上的星海广场灯火迷离，映衬着大海无边的黑暗。海上的雾气蒸腾起来，让岸边美丽的楼宇变成了天上宫阙。坐在石台上面对一片虚无的大海，头脑中的一切似乎都被吸走，只是这么空旷地呆着，声音都消失了。不经意间的回头，发现广场也被雾气包裹，人影条条仿佛进到了《千与千寻》中魂影飘摇的街道。我忽然欢喜起来，这是怎样的美丽和惊心动魄呀！

站起身，和我的朋友们一起飘进雾中，唱歌，大笑……

Dong东·周记

我常常问自己一个愚蠢的问题，人为什么要活着？

少年活佛赐给我一个碰头礼，上天将给我怎样的祝福呢？

以前，我们是全神贯注的主角，现在是东张西望的观众。

往事，总是一重重地袭来……

生活，总是希望与绝望交织……

大雾

快到家的时候，感觉下雾了，一重重地在车灯的映照下显现出了形迹，仿佛希区柯克的电影。到家没有多久，漫天大雾便笼罩下来，像是空气都被凝结了一样。

前些日子看电影《明日之后》(The Day After Tomorrow)，勾起了上学时想当气象学家的梦想，那个时候去清华参观过那里的实验室，还信誓旦旦地跟那个老教授说将来就考这儿云云。朋友嘲笑我说，你要是预报天气，十次能准一次就不错了，还不被全国人民捶死。我说，你们最好巴结着我点，等冰河时期再来的时候，说不定你们得等我去拯救呢。

站在阳台上，已经看不见楼下的街道了，有车经过的时候只能看到两束笔直的灯光。第二天醒来，外面仍然是白茫茫一片，新闻里大篇幅报道哪里的高速封闭，多少航班延误等等，真是不宜出行。回想三年前我在首都机场也曾狂等过十个小时，打瞌睡、玩游戏，翻杂志，上厕所，打喷嚏，乱溜达，差点得上心理疾病。

其实这还算不上大雾。记得小时候有一次，雾大到可以看见它从窗口流进屋里，跟放干冰似的。上学路上觉得新奇极了，听得到人说话却看不见人，好像童话世界一样。

不过在许多电影中，当身边的一切都被浓雾层层包裹的时候，你会有一种不祥的感觉却难以描述，最经典的例子算是吉奥奈特《黑店狂想曲》（Delicatessen）了。虽然这是一部超现实的电影，冷幽默令人叫绝，狂笑不止，但是导演却特意渲染了一个人吃人的故事脉络。影片中仿佛世界末日般的浓雾遮天蔽日，代表着经济萧条、社会的肮脏和丑恶，而在这其中人类却喜剧般地生存。

浓雾也代表着难以逾越的障碍和看不到的未来，所以其实我们一直是在雾中前行的。约翰列侬的乌托邦经典《想象》（Imagine），

你可能会说：我是个梦想者……

音乐录影带就是这样的感觉。他在大厅里弹琴，大野洋子一扇一扇打开窗户让光透进来，但是后半段镜头一转，他和洋子在浓雾中走着，没有尽头，而歌声还在继续：You may say I’m a dreamer……（你可能会说我是个梦想者……）

随你的心情，雾可以代表很多。雾失楼台的凄凉，轻雾暗飞的香软，荷塘清雾的美丽，雾满龙岗的肃杀。但是当它被风散尽的时候，你会发现，其实这些都不是，雾只是一场误会，万物之间的一场误会，美丽或者可怕的误会。它让我们目光短浅，危机重重。

问几个朋友，一提到雾，会联想到什么？得到的答案千奇百怪：空气污染、探险、撞车、焦虑、浪漫、混沌、云中漫步（Beyond The Cloud）、蓝天白云、2008、大楼、月亮、寒冷、雾里看花、像雾像雨又像风、恐怖片、伦敦、雾都孤儿等等，最强的一个是草船借箭，巧的是，电视里三国讲的正起劲呢……

雪人

上周的雪来势汹汹却不过浅尝辄止，让生活枯燥的城市人没有经历交通堵塞便臆想了一次浪漫。不过，在小雪是脏泥、大雪是灾难的城市生活里，似乎没有留下太多记忆的痕迹。雪是宁静的，在人烟稀少的地方才能见到它的美，在宁静的记忆里才会有最美的雪人。

上小学的时候和几个同学一起费了九牛二虎之力在操场上堆了一个比我还要高很多的雪人，一个小铁桶做了他的帽子，煤球当眼睛。坐在教室上课的时候总是转头去看，其实也不为什么，但就是会下意识地转头。

上中学的时候，看到了一部动画片《雪人》(Snowman)，不是国产的《雪孩子》，虽然没有什么故事情节，但是却被深深地吸引。一个男孩堆了一个雪人，晚上，雪人突然活了起来，男孩激动万分，带他参观自己的家，还跑出去玩，直到雪人带着男孩飞了起来，掠过苍茫的夜色，掠过茫茫的雪原。黎明之前，他们回到家，在门口告别，依依不舍。早晨，当男孩一觉醒来满怀期待地奔出屋门时，却只见到一片融化的雪水……音乐响起，很美，演职员的名单开始升起，然而此刻却让人那么地怅然若失。

再后来才知道这部动画片是根据英国漫画家雷蒙德•布里格斯（Raymond Briggs）1978年出版的同名漫画书改编的。这部只有三十页的小漫画书据说是作者“暂时休息放松一下”而完成的，没想到日后却成为他闻名世界的作品，真是无心插柳柳成荫。对于漫画的结尾，作者开始并没有意识到以后会引起那么多的伤感、共鸣和疑问，他说：当初我还真没想过传达什么信息，不过，假如非要一个答案不可，我就会说，雪人代表走过我们生命的一些不同寻常的人，我们意外相逢，立即就很喜欢他们，无奈他们总有离我们而去的一天，去到另一个地方，去到另一个世界，……就像雪人，总会融化的。雪人自然会融化，作者也只是在自然地描写他，但就是

这样一个无可奈何、甜蜜中夹带失落的结尾让这部漫画成为一部传世之作。

这真是一部不适合儿童观看的漫画和动画片，但想想，又觉得很适合，在不经意间让幼小的心灵第一次体验了生活的无奈。美好的事物都是短暂的，生活不过是一次又一次的惋惜。但孩子们不在乎，堆雪人是他们的事，因为他们不介意雪人会融化吧。所以不会有成年人再去堆雪人了吧，也许还会有，和他们的孩子一起，或者寻找过去的纯真。

我堆的那个大雪人没有融化，放学的时候它已经在饱受一顿随意经过的拳脚之后碎落在地了。

改变

朴树教育我说，你站在山顶上才能看到更高的山，如果你想去那里，就必须先从你现在的山峰下来，然后在去攀登另外一座山峰。我笑笑说，有道理，不过我害怕到了山底没力气再爬另外一座山峰了。

很多年前第一次做朴树采访的时候，他的歌手生涯才刚刚开始。采访后，带他的张路对我说，他从来没跟别人说过那么多的话，这让我很高兴，我喜欢那种彼此沟通的感觉，那是一次很好的开始。然后就有了 1999 年的春夏之交，在三里屯酒吧的一次敞开心扉的对话，后来制作成节目播出，受到了极大的关注，很多听众通过那次谈话开始了解朴树作为一个歌者的内心世界。5 年后，朴树已经成为一个备受瞩目的流行明星，我们又再次相约来到三里屯。然而，如果说第一次谈话是出于无心，那么这一次则是出于有心了，所以这一次谈话不像第一次那么和谐圆满，甚至有些不和谐音。

生活是如此简单，早晨的阳光会清扫一切……

不过彼此的信任还是让我们能够逐渐敞开心扉，一个人悄然改变的人生准则透过谈话清晰起来。

然而将近两个小时的录音却让我感到特别沉重，我将录音锁到抽屉里，很长时间不愿意再碰它。小朴后来发短信跟我说那次谈话你的观点是对的，可我竟然想不起来我是什么观点了，或者说不清楚他同意我众多观点中的哪一条。其实，我们在彼此的坚持之后都被对方的思维慢慢入侵了。后来我才开始整理录音，将语言删减到只剩下十几分钟，围绕的主题就是——“改变”。

五年前，他背诵自己的文章：我终于会找到路，它与命运无关，它通往我心里的秘密花园，那里生活着我朝思暮想的朋友和我体内的精灵。五年后，我问他，那里还有你朝思暮想的朋友和你体内的精灵吗？……

五年，已经不再有成长的青涩。我开始学习隐藏自己的犀利，并渴望一种淡泊的生活；朴树变得开朗却开始封闭自己的内心。然而我觉得他还是单纯的，他会百分百执著于一个道理，或者放弃，而不是通融。不过这对于他，绝对是一件好事。

既然我已经来到了一座山峰，我会不会选择先下来然后再去攀登另外一座山峰呢？我真不愿选择，也没有那份勇气，至少现在还没有那份勇气……

成全

一些听众看过我的文字之后来信说，没想到那是你写的东西，和电台节目中的那个人联系不到一起。其实，每个人都有不同的侧面，像一个棱镜那样，会折射出不同的光辉。

有本杂志里刊登了一篇关于我的采访，结尾处有我引用弗洛伊德的一句话：人的命运就是他的性格。(我觉得这个翻译比较好。）看到此处，我不禁笑了起来，很像学生时期的做派，凡事都要引用名人名言。不过我相信，肯定会有很多人和我有同样的感慨，这句话确实可以概括无数人的整个命运。

以前曾经看过一本书，印象深刻，就是章诒和所著的《往事并不如烟》，里面有一章，介绍的是储安平。对于他的命运，作者似乎在不经意间特别引用了昆曲《夜奔》中的一段戏文：

按龙泉血泪洒征袍

恨天涯一身流落

专心投水浒

回首望天朝

急走忙逃

顾不得忠和孝

良夜迢迢

红尘中

误了俺武陵年少

实指望

封侯万里班超

到如今

做了叛国黄巾

背主黄巢

凄凉哀婉，诉尽命运无常。无论是林冲还是储安平，都似乎在演习和印证着这句结论：人的命运就是他的性格。当然我们现在的生活没有这般跌宕和戏剧性，然而在唏嘘感慨之余，洒几滴英雄泪，然后重燃怀才不遇盼名主的希望之火，却又那么地顺其自然和宿命轮回。我无意推广一种悲观的人生论调，只是在“嘻哈”的工作之后，独自面对自己时，才会涌起热情与失落的滚滚漩涡。

现在，我正在独自面对自己，正在昌平一个会议中心的客房里，趴在床上写这些文字。

来到昌平学习，打破了工作的固有规律，感觉自己很像是一颗脱离了原子核引力的电子，片刻自由之后再投入到另一个无限循环之中。这种感觉很奇妙，不仅仅是又有了午睡时间，有了晚餐后的山中漫步，而是突然给了你一种一次简单生活的机会。八个小时学习，两个小时用餐，其他时间休息。这种简单的节奏竟然透出一种美感，让你始料不及。在大城市永不停歇的电台广播中，电视中，噪音中，自己反倒成了身外之物，无暇见面。而现在，是一种成全。

一种生命力短暂地成全。

然而在一次性的生命流动中，它却给了你回流的喘息，让你看一眼你来时的山谷和两岸的风光。

一面是海水，一面是火焰……

Dong东·周记

1990年，我听Sinead O’Connor，当我第一次将她的第一张专辑放入我的单放机中时，她便深深地扎在我的心里。我并不介意那个时候身边竟然没有一个人愿意和我分享那样的音乐，甚至还有一分窃喜。

傍晚的夕阳中，一个破旧的单放机让我的眼前呈现出壮丽悲愤的景色，即使闭上眼睛，也有火焰在眼前燃烧。

那就是我年轻时代对音乐的依赖，那是我到现在依然保有的某种音乐洁癖。

我只是想说，

我真正爱的音乐，其实很少出现在我的文字里……

用灵魂倾听……

今天，我想说一说我挚爱的 Sinéad O’Connor。从开始喜欢她的音乐，就努力寻找她的各种资讯，在那个时代，资讯还是一件奢侈的事情。后来有机会成为一个音乐节目主持人，也得以在我的节目中大肆介绍她的音乐。那个时候，她的唱片国内根本没有，我可以拿出两个月的工资委托有机会出国的朋友代买一张她的原版唱片。

这位爱尔兰的女歌手，在她刚出道时，唱片公司要把她打造成惹人疼爱的小甜妞，她一气之下剃光了头发，从此以这种叛逆而美丽的形象冲上歌坛。第一张专辑的另类表达让全世界耳目一新，而第二张专辑中与 Prince 合作的“Nothing Compares 2 U”则让她成为世界巨星。不过从此，她也开始走上背叛成名、找回自我的救赎之旅。她的音乐只从自己的本心出发，愈发地纯净和成熟。

the Lion and the Cobra　1987 年

这是 Sinéad O'Connor 的第一张专辑，你可以想象一个 20 岁的女孩用充满力量的声音去唱“Jerusalem”（耶路撒冷）、“Tory”（特洛伊）、“Drink Before The War”这样的歌曲吗？这根本不像一张处女作，倒像是孕育多年的恢弘大气的作品，即使日后她称这张专辑很幼稚。另外，她与众不同的演唱风格后来也一度成为别人模仿的方式。

I do not want what I haven't Got　1989 年

这是我烂熟于心的一张专辑，磁带早已听烂，首首热爱。令她扬名世界的歌曲“Nothing Compares 2 U”就出自这张专辑。也推荐大家看看这首歌的 MV，从头至尾，只有 Sinéad 那张美丽的脸，她注视着你，为你演唱。这也是 MV 经典之一。

Universal mother　1994 年

这是 Sinéad 转型之作。作为一个女人，她的男人和儿子都出现在这张专辑当中。她唱给丈夫的“John I Love You”，爱之深切，令人潸然。“My Darling Child”是唱给儿子的歌，结尾还有小男孩稚嫩的声音。这张专辑中还有被无数人热爱的“A Perfect Indian”，温柔感伤、情深似海。到结束曲“Thank You For Hearing Me”，一位母亲已经诉尽衷肠。

Sean-Nós Nua 2002 年

这是我近几年最热爱的唱片，是一张爱尔兰老歌新唱的专辑。初次收听，还不能完全进入到音乐的世界。后来我又看了录制这张专辑拍摄的纪录片，从此无法自拔。爱尔兰的大海、风、船只、还有那里的故事，就像是发生在我们的身边。那些旋律不是唱到你的耳中，而是唱到你的灵魂深处。

如果说，有哪一位歌手是我一直热爱，从没有改变过，喜欢她的几乎所有作品，那么答案只有一个，就是 Sinéad O’Connor。也正因为如此热爱，所以很难去写她，总觉得词不达意，玷污我对她的感情。

没有一个歌手像她一样充满感情，无论是愤怒、忧伤、还是爱。从她的光头，到她撕碎教皇的照片，从出演圣母到皈依天主教，从女权主义到拥有自己的男人和儿子，从青春美丽到丰腴渐老。她嘶吼，像一头愤怒的母狮，她缠绵，像拂过树叶的微风；她冷峻，像惊涛拍打的断崖；她神秘，像灌木丛中时隐时现的狼群……

她专辑中的文字逐渐形成一种特别的字体，一种完全属于她的字体，看到这样的字就知道是她。

你不用担心她的音乐品质，你只能惊讶于她的音乐品质！

她的音乐是活生生的，有血有肉的；她的音乐是充满能量的，备受争议的；她的音乐是缥缈圣洁的，超尘离俗的。

她的音乐，是用灵魂来倾听的！

傍晚仰望天空，总有一种心情油然而生吧……

北京的冬天

落笔之时，北京正被大雪覆盖。

很久没有这样的雪了，以无比的热烈扑向这座繁忙的都市，以魔术般的速度为冬日换装。白色的厚重与轻盈，荡涤着城市的污浊，而这似乎要覆盖一切繁华与落寞的白色纱幕，也被浩荡的车流撕扯出一道道无法弥补的裂痕……

“当思念覆盖了北京城……”，田震的歌声霎时涌出心底的温暖沉静。思念如同雪花飘洒，在某些地方纯洁地积累，在某些地方又融化不见了。

不过据说田震本人很不喜欢这首歌，因为早些年北京大雪封城的那一天，恰巧是田震的演唱会，瘫痪的交通几乎毁了那场演出，白色的雪成为她心底难以挥去的梦魇。《北京之雪》这首歌未能收录在田震的任何一张专辑当中。不过，之后的每一年的冬天，我都会多次在电台节目中播放这首歌，因为，“当雪花朦胧了北京城”的时候，“有些泪”确实温暖了这个城市中很多寂寞的“灵魂”。也许，多年之后，田震应该已经释怀了吧……

冬天总是和节日相连，新年的一切都让我们蠢蠢欲动，晚餐、聚会、购物、约会、探亲、甚至加班。我们坚定着自己的好心情，似乎一切旧的东西都被白雪掩盖，被北风卷走了。我们期待着一切，查找新一年的星座运程，一遍遍关注财运和爱情，美好的字眼都被放大，冥冥之中，鸿鹄将至。

不知道为什么，我总会在节日里大煞风景的感伤。多年前，《南方周末》新年标题就是“总有一种力量让我们泪流满面”，激起了我多少的共鸣。不过，小感伤和大悲悯还是有本质不同的。所以，小感伤的我们在节日里，还是多选择聚在一起吧。而这样的日子失恋的人似乎也很多，偶尔代班夜间的音乐节目，倒苦水的短信如雪片般“呼呼”地在屏幕上刮过。爱情让人变得不堪一击和不可理喻。

崔健说，别看我在微笑 也别觉得我轻松，我回家单独严肃时才会真的感到忧伤……请摸着我的手吧，我温柔的姑娘，是不是我越软弱，越像你的情人……

放下书，望望窗外的天，总有另外一种心情油然而生吧。

你以一种生硬的姿态闯入我的眼帘，永久地占据……

当节日来临……

我的时间有两重。

一重是我在电脑前写着现在的文字。回家路上，到处都是圣诞节前流光溢彩的灯影。而我刚刚看完一个孩子艰难闯荡生活的文章，满心都是伤感。

另一重是你现在正在看我的文字，感谢你读它，毕竟静心看一篇文章已经是件奢侈的事情了。此时，春节已经快到了吧。

夜已深，耳边是某人博客里的一首《圣诞结》。每个人的心中都有着各种各样的结，心结、情结……何启弘写了“落单的恋人最怕过节”，把每个人心中的那份寂寞忧伤真是不知放大了多少倍，“想祝福不知该给谁，爱被我们打了死结”，陈奕迅的声音缓缓融在了心里。我喜欢这种不过分渲染感情的声音，就像我在电台节目中，即使一个感人的故事，也特意用平静的语调来讲述一样。

我所在的电台一般不允许说圣诞节、情人节这样的西方节日，但是，不可否认，普通人根本不管这一套。在繁忙紧张的工作中，谁不渴望一个可以狂欢、可以聚会、可以甜蜜的机会呢。大城市的年轻人确实把圣诞节当做狂欢节了，虽然它对于西方人来说就是我们的春节。

很巧的是，2010 年的春节和西方的情人节居然是同一天，在隆隆的鞭炮声中，红色的玫瑰还会满街绽放么？我肯定是要在家中陪自己的父母的，毕竟，年纪越长，越多一份对自己父母的歉疚。但是，在倒数迎新的一刻，你的手机短信又会给谁发出一条情意绵绵的问候呢？

我曾经在情人节的深夜直播过节目，在众多的经典情歌中播放过一首《Angel》。这是加拿大女歌手 Sarah McLachlan 最著名的作品，也被电影 City Of Angels《天使之城》选作电影原声。这部翻拍自 Wim Wenders《柏林苍穹下》的好莱坞电影,虽然表现一般，但是却因为这首歌让人无法忘怀。梅格瑞恩扮演的女医生和尼古拉斯凯奇扮演的天使之间的爱情，也因为这首歌而格外动人。“我需要散散心，或者一个美丽的解脱，让我了无牵挂，在天使的怀抱中远离此地”…… Sarah McLachlan 在现场演唱这首歌时，已经渐渐淡化了哀婉和浓浓的寂寥，她的脸上分明写着幸福和怀念……

你可以闭了灯，想象着拥你的恋人在怀，在这首深情的歌声中慢慢摇摆，让彼此的心灵更加贴近。那一刻，你们都是天使，在彼此的怀抱中，已经暂时离开了这个纷扰的现实世界……

遇见

阴天 傍晚 车窗外

未来有一个人在等待……

孙燕姿的《遇见》，带给庸庸碌碌的城市人多少的浪漫抚慰。这种抚慰可能是浅狭的，而“向左走，向右走”这六个字所传达出来的意象，却也得以让我们以俯视而悲悯的目光观察自己的生活。遇见，很美的一个词。这种美，是孤独的城市人赋予它的，用平行线般的几何图形框起了未知和期待……这首歌的作曲者，是林一峰，而他自己当时演唱的版本，叫《By My Side》。

第一次遇见林一峰，是在《名声大震》的节目上，当时他也和我一样做评委。大部分的时间，他都是安静地坐着，脸上带着微笑，我们也只是偶尔地轻声交谈，聊各自喜爱的音乐，寒暄中，我知道了他最喜爱的歌手是美国的民谣女歌手 Janis Ian。

Janis Ian 在她 20 岁的时候就已经到达音乐事业的顶峰，凭借自己的润泽通透的嗓音，清新灵动的吉他，与自己年龄不相称的敏锐歌词，和大胆、犀利的个性，使她的作品甚至成为很多音乐人必须收藏的经典。《At Seventeen》这首歌曾经被齐豫翻唱过，也被林一峰翻唱过，林一峰重新填词后，依然保持着如 Janis Ian 一般的社会视角，关注台风与饥荒。而原歌的歌词更加的清醒和冷酷，第一句就给人当头棒喝，I learned the truth at seventeen，十七岁，我看见了真相……

十七岁，你对世事的理解和现在相比发生了什么样的变化，从犀利到淡定释怀，要看遍多少春秋。记得当时彩排完回酒店的路上，林一峰指着窗外说，看，太阳。我们都转头望向西边的天空，那是一轮大大的蛋黄一般的落日，已经不再激情地刺眼，而是温柔地普照，我们的眼中都闪烁着喜悦的光芒。车子飞速向前，大家不再说话，仿佛期待这是一次没有尽头的旅行。

林一峰很爱旅行，在北京，甚至还去过门头沟的爨底下。的确，他走过很多地方。不过，他的样子小小的，孩子一般，想象不出他背着行囊，在国外长途旅行的样子。我很佩服那些背包走世界的人，因为我自己尝试过，无福消受那样的寂寥。喜爱一个人旅行的人，内心应该是浮动的，在自我放逐中，寻求心灵的安宁。是的，旅行可以让人的内心变得更加未知，在停停走走之间，你的思绪流淌出的也许还是城市的夜色，却已经有了远方的孤独……

我遇见谁 会有怎样的对白

我等的人 他在多远的未来……

一步之遥

我喜爱舞蹈。确切地说，是喜爱看舞蹈。也许是因为没有舞蹈的天赋，反而对欣赏舞蹈情有独钟。尤其是有那么几年，来北京的各种舞蹈团体的演出，无论是芭蕾、现代舞，还是踢踏、佛拉门戈，我几乎场场不落。而近些年对街舞的热爱，也每每通过网络视频尽情欣赏。

舞蹈之美于我，并不特别注重舞者的技巧，而在于身体变化的美感，肢体的表达方式，动作的疏密节奏，内心情绪的流露，以及在与音乐浑然一体中散发出来的性感。在剧场，在舞厅，甚至街边，你都可能被刹那间的一瞬感动，仿佛陶醉于另一个世界的忘我，心动于斯，久久难忘……

我最喜爱的一个舞蹈片段来自于电影《闻香识女人》，Al Pacino 在餐厅里的那段探戈简直是棒极了，如果没有这一段舞，整部电影都会黯然失色。这段视频一直存在我的手机里，没事还会打开看一看。Al Pacino 扮演的盲人上校和一个陌生女孩白驹过隙般的短暂相遇，却如同一段地久天长的故事，从开始的谨慎和试探，到和谐默契，再到激情迸发，缠绵回味，一段舞就是一段人生。当舞蹈结束，音乐声息，生活回到现实，一种对美好的怅然若失充满了我们的内心。

不知你注意到了没有，舞蹈是不能没有音乐的。如果让你欣赏一场没有音乐的舞蹈演出，那就像是被抽空了灵魂一样，估计你坚持不了多久就要疯了。人的肢体，在音乐中更加充满感情。

《闻香识女人》中那段探戈的音乐是极其著名的，叫做“Por Una Cabeza”，意思是“一步之遥”，本是赛马中的术语，被引申为感情上、生活中永远到达不了的终点。这首曲子是阿根廷探戈之王 Carlos Gardel 创作的，距今已有七十多年。关于这首曲子的版本实在是太多了，现在经常听到的就是电影中的版本，也是很多人，包括我，最喜爱的版本，由著名小提琴家Itzhak Perlman演奏。小提琴引领着旋律，高贵、慵懒、缠绵，手风琴配合着矛盾和默契、犹疑和伤感，并在钢琴有力的节奏中迸发激情，但是一切都将远去，一步之遥成为永恒。

如果你熟悉了它的旋律，你会发现，在很多好莱坞电影中，都有这首乐曲的踪影。比如《走出非洲》、《真实的谎言》、《纯真年代》、《辛德勒的名单》等。

我其实很想学习一下那段舞，可是应该很难吧。即使学会了那些动作，但Al Pacino那种历经岁月散发出来的气度和成熟魅力，又怎么能学呢！更何况，生命中能与你擦肩而过的共舞者身在何方呢……

Loop，莲花

自从开始写上《东周记》，每到快交稿的时候，就发现自己会莫名的烦躁。这种感觉应该和被债主催债差不多吧。不过人无压力，寸步难行，所以我还在一直坚持着，也不辜负那些等着看我专栏的朋友。

以前有人给我算命玩，说我本来可以像一匹在水丰草美的地方悠哉悠哉的马，最后吃成一批肥马，无奈总会有暗藏的杀机逼迫我不得不死命地奔跑，间或停下来喘口气，然后再跑。我当时特严肃地看着他说，真准啊。不过这次没那么严重，写《东周记》是我自愿的，所以感觉特神圣，像玄奘西天取经那么神圣。看到此处，我相信有些人可能已经跑到一边吐去了，瞧，是这些人害我当不成玄奘而顶多当个唐僧的。

现在的唐僧已经被各种人毁得可以了，他只能是个贫僧，而当不成玄奘了。玄奘其实是我特别敬佩的人，后来还曾经找来《大

唐西域记》拜读，只是翻开第一页就看着费劲，没毅力一字一字地磕下来，然后就翻到最后一页，看到“二十年秋七月。绝笔杀青。文成油素”之后，就心满意足地把书还了。

1996年第一次去西安时，因为时间紧张，穿城而过未作停留，只能望大雁塔而兴叹。于是后来听许巍的《蓝莲花》就特别感动，“心中那自由的世界，如此地清澈高远，盛开着永不凋零，蓝莲花”……然后听许巍讲他游览大雁塔的经历以及玄奘带给他的震撼和感动。《蓝莲花》就是这样一种感动，一种“没有什么能够阻挡”的执著。

对比来说，龙宽九段的《莲花》就显得更加明亮了，“打开，莲花快打开”，这不是“芝麻开门吧”，而是纯净的内心世界放射光辉，莲花初开见佛时，佛走七步，步步生莲。每一次在音乐中都会心生欢喜，忘记尘嚣烦恼，这应该算是佛家境界吧。

在音乐中有点神思飘远了，恍惚中就要睡去，赶快惊醒一下，看看表，又快凌晨三点了。李敖说，灵感不是等来的，（等到凌晨也等不来）有灵感再写文章那是低级的写手，好的写手会自己创造灵感。我觉得是，所以我每次都假装争取给自己创造些灵感，法乎上而取其中嘛。

写这篇文字其实是想描述一下写《东周记》的状态，你觉不觉得这很像是电子乐的一个 Loop，循环铺陈，没有尽头。生活不也是这样么，我只希望里面会有莲花，或者蓝色的莲花。

后记

这是我的第一本书。

不知何时还会有第二本。

很多年前，有上海的出版商趁着来北京开会的机会，特意见我，想让我写一本关于内地流行音乐人的书，我被说动了。但是就在签约前夕，我放弃了，以我的写作速度，我认为做了正确的决定。后来还有人让我写点娱乐圈八卦的，当然被我拒绝。写书对我来说，毕竟是一件神圣的事情，书里的每一个字都该藏着我想抒发的感情。

一位朋友形容我是走在娱乐边上的人，想想很准确，我的工作和娱乐有关，但是我并没有融入那个圈子里，若即若离的，可能是我不具备这方面的能力吧。如果有来生，我一定不再选择这个行业。因为这个行业剥夺了我独立思考的能力，剥夺了我关注自心的环境。而随着年龄的增长，离心力也在增长。

这本书的文字，是十来年断断续续写的，这一次，我把它们进行了仔细的梳理，有的修改，有的重新写，还有全新的文字，真实展现了这段时间里，我的思考。

“有些时候总是让我们怀念”这句话曾经是我用过的一个音乐节目的主题。我常常觉得，某些回忆会让我充实，会让我真切地感到生活本身，虚无缥缈的生活随时间显现出了痕迹。

这本书的字数并不是很多，但我保证，每一个字都是我内心的表达。我不想浪费读者的时间，也不想把一句话能说清的事情弄得复杂。只是希望这些文字能够引起一些共鸣,彼此多一些对生命、生活的认知与交流。

读书是我最爱的事，曾以为最惬意的事就是雨夜读书，虽然有点矫情，却是真心话。爱书的情节让我对自己的这本书也充满热情和期待。这一次，也终于知道出一本书的不易。从 2009 年的夏天开始，到现在一年的时间了。策划、签约、完善书稿、选开本、纸张、装订方式、印刷，都需要研究、选择和妥协。

书中的照片全是出自我手，是我在国内和很多国家旅行时拍摄的。在这本书中，我选择的都是空镜头。这些照片并不是为文字服务的，也不是看图说话，而是本身就蕴含了很多的感情。希望你喜欢它们。

感谢编辑海波，设计海云，不觉得吗，我拍摄的照片全是你们的名字。这也是一种缘分吧。

感谢旭辉，谢谢你的鼓励和无私帮助。

感谢每一位读者，这是我们之间的默契。

最后感谢我的父母和家人，谢谢你们为我的付出。

2010 年 4 月于北京寒冷的春天

图书在版编目（CIP）数据

有些时候总是让我们怀念 / 王东著. —北京：北京大学出版社，2010.5

(东·周记)

ISBN 978-7-301-17108-0

Ⅰ. ①有…　Ⅱ. ①王…　Ⅲ. ①随笔－作品集－中国－当代　Ⅳ. ① I267.1

中国版本图书馆 CIP 数据核字 (2010) 第 064994 号

书　　名：有些时候总是让我们怀念

著作责任者：王　东　著

责 任 编 辑：苑海波

标 准 书 号：ISBN 978-7-301-17108-0/G · 2842

出　版　者：北京大学出版社

地　　址：北京市海淀区成府路 205 号　100871

网　　址：http:/www.pup.cn　电子邮箱：pw@pup.pku.edu.cn

电　　话：邮购部 62752015　发行部 62750672

编辑部 62750883　出版部 62754962

印　刷　者：北京联兴盛业印刷股份有限公司

经　销　者：新华书店

880 毫米 ×1230 毫米　32 开本　5.5 印张　50 千字

2010 年 5 月第 1 版　2010 年 8 月第 2 次印刷

定　　价：26.00 元

Dong东·周记